望舒詩稿

中国现代名家诗集典藏

望舒诗稿

戴望舒 —— 著

人民文学出版社

图书在版编目（CIP）数据

望舒诗稿/戴望舒著. —北京：人民文学出版社，2020
（中国现代名家诗集典藏）
ISBN 978-7-02-016387-8

I. ①望… II. ①戴… III. ①诗集—中国—现代 IV. ①I226

中国版本图书馆 CIP 数据核字（2020）第 095436 号

项目策划　　张贤明
责任编辑　　张贤明　温　淳
装帧设计　　刘　静
责任印制　　史　帅

出版发行　人民文学出版社
社　　址　北京市朝内大街 166 号
邮政编码　100705
网　　址　http://www.rw-cn.com

印　　刷　三河市中晟雅豪印务有限公司
经　　销　全国新华书店等

字　　数　35 千字
开　　本　787 毫米×1092 毫米　1/32
印　　张　4　插页 1
印　　数　1—5000
版　　次　2020 年 6 月北京第 1 版
印　　次　2020 年 6 月第 1 次印刷

书　　号　978-7-02-016387-8
定　　价　32.00 元

出版说明

在五四新文化运动走过百年之际，由人民文学出版社现代文学编辑室编辑出版的"中国现代名家诗集典藏"丛书与广大读者见面了。

人民文学出版社是新中国最早系统出版中国现代文学作品的专业出版机构。早在建社之初就设立了鲁迅著作编辑室和"五四"文学编辑组。1982年，又将这两个内设机构整合为现代文学编辑室。编辑出版中国现代文学作家的传世作品，已成为人民文学出版社的光荣传统。

时间跨度三十余年的中国现代文学，呈现出"启蒙、救亡和翻身"三大主题，而勇立潮头的现代新诗更是张扬了诗歌的抒情天性，诗人们为人民抒情，将时代的主题在最高点释放，共同奏响民族独立和人民解放的杰出篇章。因此，那些在当时由作者亲自编订并产生了重大反响且至今仍有口碑的著名诗集，广大的诗歌爱好者、创作者、研究者和收藏者仍然念念不忘。我们觉得让这些诗集得以原味呈现，对于广大的读者来说,无疑是必要的。

鉴于此,我们推出这套"中国现代名家诗集典藏"丛书,选入胡适的《尝试集》,郭沫若的《女神》,冰心的《繁星　春水》,徐志摩的《志摩的诗　猛虎集》,闻一多的《红烛　死水》,戴望舒的《望舒诗稿》,艾青的《大堰河　北方》,穆旦的《穆旦诗集》。选本均为原版诗集。

在编选过程中,我们充分尊重原版的用字习惯、编排顺序和编辑体例,除少量外文词句配以简要注释、对原版中发现的用字和标点差错予以订正外,尽量保持原版原貌,希望能给读者带来质朴原味的阅读体验。

编选者志在精编精印,为亲爱的读者提供优质的诗歌版本。

人民文学出版社编辑部

2020 年 6 月

序①

望舒在未去国之前曾经叫我替他底《望舒草》写一篇序文，我当时没有想到写这篇序文的难处，也就模模糊糊地答应了，一向没有动笔是不用说。这其间，望舒曾经把诗稿全部随身带到国外，又从国外相当删改了一些寄回来，屈指一算，足足有一年的时间轻快地过去了。望舒为诗，有时苦思终日，不名只字，有时诗思一到，摇笔可成，我却素来惯于机械式地写克期交卷的文章。只有这一回，《望舒草》出版在即，催迫得我不能不把一年前许下的愿心来还清的时候，却还经过几天的踟蹰都不敢下笔。我一时只想起了望舒诗里有过这样的句子：

假如有人问我烦忧的原故，

---

① 此《序》原为杜衡为《望舒草》所作。为便于读者更好地理解戴望舒的诗，现收在本诗集前面。文中所引《零札》皆为《望舒草》中条目，《望舒诗稿》中《零札》已做删减。

我不敢说出你的名字。

——《烦忧》

因而他底诗是

　　由真实经过想像而出来的，不单是真实，亦不单是
　想像。

——《零札》十四

他这样谨慎着把他底诗作里的"真实"巧妙地隐藏在"想像"的屏障里。假如说，这篇序文底目的是在于使读者更深一步地了解我们底作者，那么作者所不"敢"说的真实，要是连写序文的人自己都未能参详，固然无从说起，即使有幸地因朋友关系而知道一二，也何尝敢于道作者所不敢道？写这篇序文的精力大概不免要白费吧。

　　可是，"不单是真实，亦不单是想像，"这句话倒的确是望舒诗底唯一的真实了。它包含着望舒底整个做诗的态度，以及对于诗的见解。抱这种见解的，在近年来国内诗坛上很难找到类似的例子。它差不多成为一个特点。这一个特点，是从望舒开始写诗的时候起，一贯地发展下来的。

　　记得他开始写新诗大概是在一九二二到一九二四那两年之间。在年轻的时候谁都是诗人，那时候朋友们做这种尝试的，也不单是望舒一个，还有蛰存，还有我自己。那时候，我们差不多把诗当做另外一种人生，一种不敢轻易公开

于俗世的人生。我们可以说是偷偷地写着,秘不示人,三个人偶尔交换一看,也不愿对方当面高声朗诵,而且往往很吝惜地立刻就收回去。一个人在梦里泄漏自己底潜意识,在诗作里泄漏隐秘的灵魂,然而也只是像梦一般地朦胧的。从这种情境,我们体味到诗是一种吞吞吐吐的东西,术语地来说,它的动机是在于表现自己与隐藏自己之间。

望舒至今还是这样。他厌恶别人当面翻阅他底诗集,让人把自己底作品拿到大庭广众之下去宣读更是办不到。这种癖性也许会妨碍他,使他不可能做成什么"未冠的月桂诗人",然而这正是望舒。

当时通行着一种自我表现的说法,做诗通行狂叫,通行直说,以坦白奔放为标榜。我们对于这种倾向私心里反叛着。记得有一次,记不清是跟蛰存,还是跟望舒,还是跟旁的朋友谈起,说诗如果真是赤裸裸的本能底流露,那么野猫叫春应该算是最好的诗了。我们相顾一笑,初不以这话为郑重,然而过后一想,倒也并不是完全没有道理的。

在写诗的态度方面,我们很早就跟望舒日后才凝固下来的见解隐隐相合了,但是形式方面,却是一个完全的背驰。望舒日后虽然主张

诗不能借重音乐。

诗的韵律不在字的抑扬顿挫上。

韵和整齐的字句会妨碍诗情,或使诗情成为畸

形的。

——《零札》一·五·七

可是在当时我们却谁都一样,一致地追求着音律的美,努力使新诗成为跟旧诗一样地可"吟"的东西。押韵是当然的,甚至还讲究平仄声。譬如,随便举个例来说,"灿烂的樱花丛里"这几个字可以剖为三节,每节的后一字,即"烂"字,"花"字,"里"字,应该平仄相间,才能上口,"的"字是可以不算在内的,它底性质跟曲子里所谓"衬"字完全一样。这是我们底韵律之大概,谁都极少触犯;偶一触犯,即如把前举例子里的"丛里"的"里"改成"中"字,则几个同声字连在一起,就认为不能"吟"了。

望舒在这个时期内的作品曾经在他底第一个集子《我底记忆》中题名为《旧锦囊》的那一辑里选存了一部分;这次《望舒草》编定,却因为跟全集形式上不调和的原故(也可以说是跟他后来的主张不适合的原故),而完全删去。实际上,他在那个时候所作,倒也并不是全然没有被保留的价值的。

固着一个样式写,习久生厌;而且我们也的确感觉到刻意求音节的美,有时候倒还不如老实去吟旧诗。我个人写诗的兴致渐渐地淡下去,蛰存也非常少作,只有望舒却还继续辛苦地寻求着,并且试验着各种新的形式。这些作品有一部分随写随废,也许连望舒自己都没有保留下来;就是保留的一部分，也因为是别体而从来未经编集。

　　一九二五到一九二六，望舒学习法文；他直接地读了Verlaine，Fort，Gourmont，Jammes诸人底作品，而这些人底作品当然也影响他。本来，他所看到而且曾经爱好过的诗派也不单是法国底象征诗人；而象征诗人之所以会对他有特殊的吸引力，却可说是为了那种特殊的手法恰巧合乎他底既不是隐藏自己，也不是表现自己的那种写诗的动机的原故。同时，象征派底独特的音节也曾使他感到莫大的兴味，使他以后不再斤斤于被中国旧诗词所笼罩住的平仄韵律的推敲。

　　我个人也可以算是象征诗派底爱好者，可是我非常不喜欢这一派里几位带神秘意味的作家，不喜欢叫人不得不说一声"看不懂"的作品。我觉得，没有真挚的感情做骨子，仅仅是官能的游戏，像这样地写诗也实在是走了使艺术堕落的一条路。在望舒之前，也有人把象征派那种作风搬到中国底诗坛上来，然而搬来的却正是"神秘"，是"看不懂"那些我以为是要不得的成份。望舒的意见虽然没有像我这样绝端，然而他也以为从中国那时所有的象征诗人身上是无论如何也看不出这一派诗风底优秀来的。因而他自己为诗便力矫此弊，不把对形式的重视放在内容之上；他底这种态度自始至终都没有变动过。他底诗，曾经有一位远在北京（现在当然该说是北平）的朋友说，是象征派的形式,古典派的内容。这样的说法固然容有太过,然而细阅望舒底作品,很少架空的感情,铺张而不虚伪,华美而有法度,倒的确走的诗歌底正路。

那个时期内的最显著的作品便是使望舒底诗作第一次被世人所知道的《雨巷》。

说起《雨巷》,我们是很不容易把叶圣陶先生底奖掖忘记的。《雨巷》写成后差不多有年,在圣陶先生代理编辑《小说月报》的时候,望舒才忽然想起把它投寄出去。圣陶先生一看到这首诗就有信来,称许他替新诗底音节开了一个新的纪元。这封信,大概望舒自己至今还保存着,我现在却没有可能直接引用了。圣陶先生底有力的推荐使望舒得到了"雨巷诗人"这称号,一直到现在。

然而我们自己几个比较接近的朋友却并不对这首《雨巷》有什么特殊的意见;等到知道了圣陶先生特别赏识这一篇之后,似乎才发现了一些以前所未曾发现的好处来。就是望舒自己,对《雨巷》也没有像对比较迟一点的作品那样地珍惜。望舒自己不喜欢《雨巷》的原因比较很简单,就是他在写成《雨巷》的时候,已经开始对诗歌底他所谓"音乐的成份"勇敢地反叛了。

人往往会同时走着两条绝对背驰的道路的:一方面正努力从旧的圈套脱逃出来,而一方又拼命把自己挤进新的圈套,原因是没有发现那新的东西也是一个圈套。

望舒在诗歌底写作上差不多已经把头钻到一个新的圈套里去了，然而他见得到，而且来得及把已经钻进去的头缩回来。一九二七年夏某月，望舒和我都蛰居家乡，那时候大概《雨巷》写成还不久，有一天他突然兴致勃发地拿了张原稿给我看，"你瞧我底杰作"，他这样说。我当下就读了这首诗，读后感到非常新鲜；在那里，字句底节奏已经完全被情绪底节奏所替代，竟使我有点不敢相信是写了《雨巷》之后不久望舒所作。只在几个月以前，他还在"彷徨"，"惆怅"，"迷茫"那样地凑韵脚，现在他是有勇气写"它的拜访是没有一定的"那样自由的诗句了。

他所给我看的那首诗底题名便是《我的记忆》。

从这首诗起，望舒可说是在无数的歧途中间找到了一条浩浩荡荡的大路，而且这样地完成了。

为自己制最合自己的脚的鞋子

——《零札》七

的工作。为了这个原故，望舒第一次出集子即命曰"我底记忆"，这一回重编诗集，也把它放在头上，而属于前一个时期的《雨巷》等篇却也像《旧锦囊》那一辑一样地全部删掉了。

这以后，只除了格调一天比一天苍老，沉着，一方面又渐次地能够开径自行，摆脱下许多外来的影响之外，我们便很难说望舒底诗作还有什么重大的改变；即使有，那也不再是属于形式的问题。我们就是说，望舒底作风从《我的记忆》这一首诗而固定，也未始不可的。

正常艺术上的修养时期初次告一段落的时候，每一个青年人所逃不了的生活底纠纷便开始蜂拥而来。从一九二七到一九三二去国为止的这整整五年之间，望舒个人的遭遇可说是比较复杂的。做人的苦恼，特别是在这个时代做中国人的苦恼，并非从养尊处优的环境里长成的望舒，当然事事遭到，然而这一切，却决不是虽然有时候学着世故而终于不能随俗的望舒所能应付。五年的奔走，挣扎，当然尽是些徒劳的奔走和挣扎，只替他换来了一颗空洞的心；此外，我们差不多可以说他是什么也没有得到的。再不然，那么这部《望舒草》便要算是最大的获得了吧。

在苦难和不幸的中间，望舒始终没有抛下的就是写诗这件事情。这差不多是他灵魂底苏息，净化。从乌烟瘴气的现实社会中逃避过来，低低地念着

　　我是比天风更轻，更轻，

　　是你永远追随不到的。

　　　　　　　——《林下的小语》

这样的句子，想像自己是世俗的网所网罗不到的，而藉此以忘记。诗，对于望舒差不多已经成了这样的作用。

前面刚说过,五年的挣扎只替望舒换来了一颗空洞的心,他底作品里充满着虚无的色彩,也是无须乎我们来替他讳言的。本来,像我们这年岁的稍稍敏感的人,差不多谁都感到时代底重压在自己底肩仔上,因而呐喊,或是因而幻灭,分析到最后,也无非是同一个根源。我们谁都是一样的,我们底心里谁都有一些虚无主义的种子;而望舒,他底独特的环境和遭遇,却正给予了这种子以极适当的栽培。

在《我的记忆》写成的前后,我们看到望舒还不是绝望的。他虽像一位预言家似地料想着生命不像会有什么"花儿果儿",可是他到底还希望着

> 这今日的悲哀,
>
> 会变作来朝的欢快,
>
> ——《旧锦囊·可知》

而有时候也的确以为

> 在死叶上的希望又醒了。
>
> ——《雨巷·不要这样盈盈地相看》

他是还不至于弄到厌弃这充满了"半边头风"和"不眠之夜"的尘世,而

> 渴望着回返
>
> 到那个天,到那个如此青的天,
>
> ——《对于天的怀乡病》

的程度。不幸一切希望都是欺骗，望舒是渐次地发觉得了。终于连那个无可奈何的对于天的希望也动摇起来，而且就是像很轻很轻的追随不到的天风似地飘着也是令人疲倦的。我们如果翻到这本大体是照写作先后排列的集子底最后，翻到那首差不多灌注着作者底整个灵魂的《乐园鸟》，便会有怎样一副绝望的情景显在我们眼前！在这小小的五节诗里，望舒是把几年前这样渴望着回返去的"那个如此青的天"也怀疑了，而发出

　　　　自从亚当夏娃被逐后，

　　　　那天上的花园已荒芜到怎样了？

的问题来。然而这问题又谁能回答呢？

　　从《乐园鸟》之后，望舒直到现在都没有写过一首诗。像这样长期的空白，从望舒开始写诗的时候起一直到现在都不曾有过。以后，望舒什么时候能够再写诗是谁也不能猜度的；如果写，写出怎么一种倾向的东西来也无从得知。不过这一点是很明显的：像这样的写诗法，对望舒自己差不多不再是一种慰藉，而也成为苦痛了。这本来是生在这个时代的每一个诚恳的人底命运，我们也不必独独替望舒惋惜。

　　《望舒草》在这个时候编成，原是再适当不过的，它是搜集了《我的记忆》以下以迄今日的诗作底全部，凡四十一

篇,末附以诗论零札十七条,这是蛰存从望舒底手册里抄下来的一些断片,给发表在《现代》二卷一期"创作特大号"上的。至于这篇序文,写成后却未经望舒寓目就要赶忙付排,草率之处,不知亲切的读者跟望舒自己肯原谅否。挥汗写成,我心里还这样惴惴着。

一九三三盛暑　杜衡

目　录

夕 阳 下

晚云在暮天上散锦，
溪水在残日里流金；
我瘦长的影子飘在地上，
像山间古树底寂寞的幽灵。

远山啼哭得紫了，
哀悼着白日底长终；
落叶却飞舞欢迎
幽夜底衣角，那一片清风。

荒塚里流出幽古的芬芳，
在老树枝头把蝙蝠迷上，
它们缠绵琐细的私语，
在晚烟中低低地回荡。

幽夜偷偷地从天末来，

我独自还恋恋地徘徊；
在这寂寞的心间，我是
消隐了忧愁，消隐了欢快。

寒风中闻雀声

枯枝在寒风里悲叹，
死叶在大道上萎残；
雀儿在高唱薤露歌，
一半儿是自伤自感。

大道上是寂寞凄清，
高楼上是悄悄无声，
只有那孤岑的雀儿，
伴着孤岑的少年人。

寒风已吹老了树叶，
更吹老少年底华鬓，
又复在他底愁怀里，
将一丝的温馨吹尽。

唱啊, 同情的雀儿,

唱破我芬芳的梦境；
吹罢,无情的风儿,
吹断我飘摇的微命。

自家悲怨

怀着热望来相见，
希冀一诉旧衷情
偏你冷冷无片言；
我只合踏着残英
远去了，自家悲怨。

而今希望又虚无，
且消受终天长怨。
转看风里的蜘蛛
又可怜地飘摇断
这一缕零丝残绪。

生　涯

泪珠儿已抛残，
只胜了悲思。
无情的百合啊，
你明丽的花枝，
你太娟好，太轻盈，
人间天上不堪寻。

人间伴我惟孤苦，
白昼给我是寂寥；
只有那甜甜的梦儿
慰我在深宵：
我希望长睡沉沉，
长在那梦里温存。

可是清晨我醒来
在枕边找到了悲哀：

欢乐只是一幻梦，
孤苦却待我生挨！
我暗把泪珠哽咽。
我又生活了一天。

泪珠儿已抛残，
悲思偏无尽，
啊，我生命底慰安！
我屏营①待你垂悯：
在这世间寂寂，
朝朝只有呜咽。

---

① 意为惶恐。

流浪人的夜歌

残月是已死美人，
在山头哭泣嘤嘤，
哭她细弱的魂灵。

怪枭在幽谷悲鸣，
饥狼在嘲笑声声
在那莽莽的荒坟。

此地黑暗底占领，
恐怖在统治人群，
幽夜茫茫地不明。

来到此地泪盈盈，
我是飘泊的孤身，
我要与残月同沉。

断 章

这问题我不要分明，
不要说爱不要说恨：
当我们提壶痛饮时，
可先问是酸酒芳醇？

但愿她温温的眼波
荡醒我心头的春草：
谁希望有花儿果儿？
只愿春天里活几朝。

凝泪出门

昏昏的灯，
溟溟的雨，
沉沉的未晓天：
凄凉的情绪：
将我底愁怀占住。

凄绝的寂静中，
你还酣睡未醒；
我无奈踟蹰徘徊，
独自凝泪出门：
啊，我已够伤心。

清冷的街灯，
照着车儿前进：
在我底胸怀里，
我是失去了欢欣，
愁苦已来临。

可　知

可知怎的旧时的欢乐
到回忆都变作悲哀，
在月暗灯昏时候
重重地兜上心来，
　　啊,我底欢爱!

为了如今惟有愁和苦，
朝朝的难遣难排，
恐惧以后无欢日，
愈觉得旧时难再，
　　啊,我底欢爱!

可是只要你能爱我深，
只要你深情不改，
这今日的悲哀，
会变作来朝的欢快，

啊，我底欢爱！

否则悲苦难排解，
幽暗重重向我来，
我将含怨沉沉睡
睡在那碧草青苔，
　　啊，我底欢爱！

静　夜

像侵晓蔷薇底蓓蕾，
含着晶耀的香露，
你盈盈地低泣，低着头，
你在我心头开了烦忧路。

你哭泣嘤嘤地不停，
我心头反覆地不宁；
这烦忧是从何处生，
使你堕泪，又使我伤心？

停了泪儿啊，请莫悲伤，
且把那原因细讲，
在这幽夜沉寂又微凉，
人静了，这正是时光。

山　行

见了你朝霞的颜色，
便感到我落月的沈①哀，
却似晓天的云片，
烦怨飘上我心来。

可是不听你啼鸟的娇音，
我就要像流水地呜咽，
却似凝露的山花，
我不禁地泪珠盈睫。

我们彳亍在微茫的山径，
让梦香吹上了征衣，
和那朝霞，和那啼鸟，
和你不尽的缠绵意。

―――――――

① 同"沉"。

残花的泪

寂寞的古园中，
明月照幽素，
一枝凄艳的残花
对着蝴蝶泣诉：

我的娇丽已残，
我的芳时已过，
今宵我流着香泪，
明朝会萎谢尘土。

我的旖艳与温馨，
我的生命与青春，
都已为你所有，
都已为你消受尽！

你旧日的蜜意柔情

如今已抛向何处？
看见我憔悴的颜色，
你啊，你默默无语！

你会把我孤凉地抛下，
独自蹁跹地飞去，
又飞到别枝春花上，
依依地将她恋住。

明朝晓日来时
小鸟将为我唱薤露歌；
你啊，你不会眷顾旧情
到此地来凭吊我！

十 四 行

看微雨飘落在你披散的鬓边，
像小珠散落在青色海带草间，
或是死鱼浮在碧海的波浪上，
闪出万点神秘又凄切的幽光，

它诱着又带着我青色的魂灵，
到爱和死底梦的王国中逡巡，
那里有金色山川和紫色太阳，
而可怜的生物流喜泪到胸膛；

就像一只黑色的衰老的瘦猫，
在幽光中我憔悴又伸着懒腰，
吐出我一切虚伪真诚的骄傲；

然后又跟它踉跄在薄雾朦胧，
像淡红的酒沫飘浮在琥珀钟，
我将有情的眼埋藏在记忆中。

不要这样

不要这样盈盈地相看，
把你伤感的头儿垂倒，
静，听啊，远远地，在林里，
在死叶上的希望又醒了。

是一个昔日的希望，
它沉睡在林里已多年；
是一个缠绵烦琐的希望，
它早在遗忘里沉湮。

不要这样盈盈地相看，
把你伤感的头儿垂倒，
这一个昔日的希望，
它已被你惊醒了。

这是缠绵烦琐的希望，

如今已被你惊起了，
它又要依依地前来
将你与我烦扰。

不要这样盈盈地相看，
把你伤感的头儿垂倒，
静，听啊，远远地，从林里，
惊醒的昔日的希望来了。

忧　郁

我如今已厌看蔷薇色，
一任她娇红披满枝。

心头的春花已不更开，
幽黑的烦忧已到我欢乐之梦中来。

我底唇已枯，我底眼已枯，
我呼吸着火焰，我听见幽灵低诉。

去罢，欺人的美梦，欺人的幻像，
天上的花枝，世人安能痴想！

我颓唐地在挨度这迟迟的朝夕，
我是个疲倦的人儿，我等待着安息。

残叶之歌

男　子

你看，湿了雨珠的残叶
静静地停在枝头，
（湿了泪珠的心儿
轻轻地贴在你心头。）

它踌躇着怕那微风
吹它到缥渺的长空。

女　子

你看，那小鸟恋过枝叶，
如今却要飘飞无迹。
（我底心儿和残叶一样，
你啊，忍心人，你要去他方。）

它可怜地等待着微风，
要依风去追逐爱者底行踪。

男　子

那么，你是叶儿，我是那微风，
我会爱你在枝上，也爱你在街中。

女　子

来啊，你把你微风吹起，
我将我残叶底生命还你。

闻曼陀铃

从水上飘起的，春夜的曼陀铃。
你咽怨的亡魂，孤寂又缠绵，
你在哭你底旧时情？

你徘徊到我底窗边，
寻不到昔日的芬芳，
你惆怅地哭泣到花间。

你凄婉地又重进我纱窗，
还想寻些坠鬖的珠屑——
啊，你又失望地咽泪去他方。

你依依地又来到我耳边低泣；
啼着那颓唐哀怨之音；
然后，懒懒地，到梦水间消歇。

雨 巷

撑着油纸伞，独自
彷徨在悠长，悠长
又寂寥的雨巷，
我希望逢着
一个丁香一样地
结着愁怨的姑娘。

她是有
丁香一样的颜色，
丁香一样的芬芳，
丁香一样的忧愁，
在雨中哀怨，
哀怨又彷徨；

她彷徨在这寂寥的雨巷，
撑着油纸伞

像我一样，
像我一样地
默默彳亍着，
冷漠，凄清，又惆怅。

她静默地走近
走近，又投出
太息一般的眼光，
她飘过
像梦一般地，
像梦一般地凄婉迷茫。

像梦中飘过
一枝丁香地，
我身旁飘过这女郎；
她静默地远了，远了，
到了颓圮的篱墙，
走尽这雨巷。

在雨的哀曲里，
消了她的颜色，
散了她的芬芳，

消散了，甚至她的
太息般的眼光，
丁香般的惆怅。

撑着油纸伞，独自
彷徨在悠长，悠长
又寂寥的雨巷，
我希望飘过
一个丁香一样地，
结着愁怨的姑娘。

断　指

在一口老旧的,满积着灰尘的书厨中,
我保存着一个浸在酒精瓶中的断指;
每当无聊地去翻寻古籍的时候,
它就含愁地向我诉说一个使我悲哀的记忆。

它是被截下来的,从我一个已牺牲了的朋友底手上,
它是惨白的,枯瘦的,和我的友人一样,
时常萦系着我的,而且是很分明的,
是他将这断指交给我的时候的情景:

"为我保存着这可笑又可怜的恋爱的纪念吧,望舒,
在零落的生涯中,它是只能增加我的不幸了。"
他的话是舒缓的,沉着的,像一个叹息,
而他的眼中似乎是含着泪水,虽然微笑是在脸上。

关于他的"可怜又可笑的爱情"我是一些也不知道,

我知道的只是他是在一个工人家里被捕去的；
随后是酷刑吧，随后是惨苦的牢狱吧，
随后是死刑吧，那等待着我们大家的死刑吧。

关于他"可笑又可怜的爱情"我是一些也不知道，
他从未对我谈起过，即使在喝醉酒时。
但是我猜想这一定是一段悲哀的故事，他隐藏着，
他想使它随着截断的手指一同被遗忘了。

这断指上还染着油墨底痕迹，
是赤色的，是可爱的光辉的赤色的，
它很灿烂地在这截断的手指上，
正如他责备别人底懦怯的目光在我底心头一样。

这断指常带了轻微又黏着的悲哀给我，
但是这在我又是一件很有用的珍品，
每当为了一件琐事而颓丧的时候，
我会说"好，让我拿出那个玻璃瓶来罢。"

古神祠前

古神祠前逝去的
暗暗的水上，
印着我多少的
思量底轻轻的脚迹，
比长脚的水蜘蛛，
更轻更快的脚迹。

从苍翠的槐树叶上，
它轻轻地跃到
饱和了古愁的钟声的水上，
它掠过涟漪，踏过荇藻，
跨着小小的，小小的
轻快的步子走。
然后，踌躇着，
生出了翼翅……

它飞上去了，
这小小的蜉蝣，
不，是蝴蝶，它翩翩飞舞，
在芦苇间，在红蓼花上；
它高升上去了，
化作一只云雀
把清音撒到地上……
现在它是鹏鸟了。
在浮动的白云间，
在苍茫的青天上，
它展开翼翅慢慢地，
作九万里的翱翔，
前生和来世的逍遥游。

它盘旋着，孤独地，
在迢遥的云山上，
在人间世的边际，
长久地，固执到可怜。

终于，绝望地，
它疾飞回到我心头
在那儿忧愁地蛰伏。

我的记忆

我的记忆是忠实于我的，
忠实甚于我最好的友人。

它生存在燃着的烟卷上，
它生存在绘着百合花的笔杆上，
它生存在破旧的粉盒上，
它生存在颓垣的木莓上，
它生存在喝了一半的酒瓶上，
在撕碎的往日的诗稿上，在压干的花片上，
在凄暗的灯上，在平静的水上，
在一切有灵魂没有灵魂的东西上，
它在到处生存着，像我在这世界一样。

它是胆小的，它怕着人们的喧嚣，
但在寂寥时，它便对我来作密切的拜访。
它的声音是低微的，

但是它的话却很长,很长,
很长,很琐碎,而且永远不肯休;
它的话是古旧的,老讲着同样的故事,
它的音调是和谐的,老唱着同样的曲子;
有时它还模仿着爱娇的少女的声音,
它的声音是没有气力的,
而且还夹着眼泪,夹着太息。

它的拜访是没有一定的,
在任何时间,在任何地点,
时常当我已上床,朦胧地想睡了;
或是选一个大清早,
人们会说它没有礼貌,
但是我们是老朋友。

它是琐琐地永远不肯休止的,
除非我凄凄地哭了,
或是沈沈地睡了,
但是我永远不讨厌它,
因为它是忠实于我的。

路上的小语

——给我吧，姑娘，那朵簪在发上的
小小的青色的花，
它是会使我想起你的温柔来的。

——它是到处都可以找到的，
那边，你瞧，在树林下，在泉边，
而它又只会给你悲哀的记忆的。

——给我吧，姑娘，你的像花一般燃着的，
像红宝石一般晶耀着的嘴唇。
它会给我蜜的味，酒的味。

——不，它只有青色的橄榄的味，
和未熟的苹果的味，
而且是不给说谎的孩子的。

——给我吧，姑娘，那在你衫子下的
你的火一样的，十八岁的心，
那里是盛着天青色的爱情的。

——它是我的，是不给任何人的，
除非有人愿意把他自己的真诚的
来作一个交换，永恒地。

林下的小语

走进幽暗的树林里，
人们在心头感到寒冷。
亲爱的，在心头你也感到寒冷吗，
当你在我的怀里，
而我们的唇又黏着的时候？

不要微笑，亲爱的，
啼泣一些是温柔的
啼泣吧，亲爱的，啼泣在我的膝上，
在我的胸头，在我的颈边：
啼泣不是一个短促的欢乐。

"追随你到世界的尽头"，
你固执地这样说着吗？
你在戏谑吧！你去追平原的天风吧！
我呢，我是比天风更轻，更轻，

是你永远追随不到的。

哦,不要请求我的无用心了!
你到山上去觅珊瑚吧,
你到海底去觅花枝吧;
什么是我们的好时光的纪念吗?
在这里,亲爱的,在这里,
这沈哀,这绛色的沈哀。

夜

夜是清爽而温暖，
飘过的风带着青春和爱的香味：
我的头是靠在你裸着的膝上，
你想微笑，而我却想啜泣。

温柔的是缢死在你的发丝上，
它是那么长，那么细，那么香；
但是我是怕着，那飘过的风
要把我们的青春带去。

我们只是被年海的波涛，
挟着飘去的可怜的沉舟，
不要讲古旧的绮腻风光了，
纵然你有柔情，我有眼泪。

我是害怕那飘过的风，

那带去了别人的青春和爱的飘过的风，

它也会带去了我们底，

然后丝丝地吹入凋谢了的蔷薇花丛。

独自的时候

房里曾充满过清朗的笑声，
正如花园里充满过百合或素馨，
人在满积着梦的灰尘中抽烟，
沈想着凋残了的音乐。

在心头飘来飘去的是什么啊，
像白云一样地无定，像白云一样地沈郁？
而且要对它说话也是徒然的，
正如人徒然向白云说话一样。

幽暗的房里耀着的只有光泽的木器，
独语着的烟斗也黯然缄默，
人在尘雾的空间描摩着白润的裸体
和烧着人的火一样的眼睛。

为自己悲哀和为别人悲哀是同样的事，

虽然自己的梦是和别人的不同，
但是我知道今天我是流过眼泪，
而从外边，寂静是悄悄地进来。

秋

再过几日秋天是要来了，
默坐着，抽着陶制的烟斗
我已隐隐听见它的歌吹
从江水的船帆上。

它是在奏着管弦乐：
这个使我想起做过的好梦；
我从前认它为好友是错了，
因为它带了烦忧来给我。

林间的猎角声是好听的，
在死叶上的漫步也是乐事，
但是，独身汉的心地我是很清楚的，
今天，我没有这闲雅的兴致。

我对它没有爱也没有恐惧，

你知道它所带来的东西的重量，
我是微笑着，安坐在我的窗前，
当飘风带着恐吓的口气来说：
　　秋天来了，望舒先生！

对于天的怀乡病

怀乡病,怀乡病,
这或许是一切
有一张有些忧郁的脸,
一颗悲哀的心,
而且老是缄默着,
还抽着一枝烟斗的
人们的生涯吧。

怀乡病,哦,我啊,
我也许是这类人之一吧:
我呢,我渴望着回返
到那个天,到那个如此青的天,
在那里我可以生活又死灭,
像在母亲的怀里,
一个孩子欢笑又啼泣。

我啊，我是一个怀乡病者：
对于天的，对于那如此青的天的；
那里，我是可以安憩地睡眠，
没有半边头风，没有不眠之夜，
没有心的一切的烦恼，
这心，它，已不是属于我的，
而有人已把它抛弃了
像人们抛弃了敝屩①一样。

---

① 意为破旧的鞋。

印　像

是飘落深谷去的
幽微的铃声吧，
是航到烟水去的
小小的渔船吧，
如果是青色的真珠；
它已堕到古井的暗水里。

林梢闪着的颓唐的残阳，
它轻轻地敛去了
跟着脸上浅浅的微笑。

从一个寂寞的地方起来的，
迢遥的，寂寞的呜咽，
又徐徐回到寂寞的地方，寂寞地。

到我这里来

到我这里来,假如你还存在着,
全裸着,披散了你的发丝:
我将对你说那只有我们两人懂得的话。

我将对你说为什么蔷薇有金色的花瓣,
为什么你有温柔而馥郁的梦,
为什么锦葵会从我们的窗间探首进来。

人们不知道的一切我们都曾深深了解,
除了我的手的颤动和你的心的奔跳,
不要怕我发着异样的光的眼睛,
向我来:你将在我的臂间找到舒适的卧榻。

可是,啊,你是不存在着了,
虽则你的记忆还使我温柔地颤动,
而我是徒然地等待着你,每一个傍晚,
在橙花下,沉思地,抽着烟。

祭　日

今天是亡魂的祭日；
我想起了我的死去了六年的友人。
或许他已老一点了,怅惜他爱娇的妻,
他哭泣着的女儿,他剪断了的青春。

他一定是瘦了,过着飘泊的生涯,在幽冥中,
但他的忠诚的目光是永远保留着的,
而我还听到他往昔的熟稔有劲的声音,
"快乐吗,老戴?"(快乐,唔,我现在已没有了。)

他不会忘记了我:这我是很知道的,
因为他还来找我,每月一二次,在我梦里,
他老是饶舌的,虽则他已归于永恒的沈寂,
而他带着忧郁的微笑的长谈使我悲哀。

我已不知道他的妻和女儿到那里去了,

我不敢想起她们，我甚至不敢问他，在梦里；
当然她们不会过着幸福的生涯的，
像我一样，像我们大家一样。

快乐一点吧，因为今天是亡魂的祭日；
我已为你预备了在我算是丰盛了的晚餐，
你可以找到我园里的鲜果，
和那你所嗜好的陈威士忌酒。
我们的友谊是永远地柔和的，
而我将和你谈着幽冥中的快乐和悲哀。

烦　忧

说是寂寞的秋的悒郁，
说是辽远的海的怀念。
假如有人问我烦忧的原故，
我不敢说出你的名字。

我不敢说出你的名字，
假如有人问我烦忧的原故：
说是辽远的海的怀念，
说是寂寞的秋的悒郁。

百 合 子

百合子是怀乡病的可怜的患者，
因为她的家是在灿烂的樱花丛里的；
我们徒然有百尺的高楼和沈迷的香夜，
但温煦的阳光和朴素的木屋总常在她缅想中。

她度着寂寂的悠长的生涯，
她盈盈的眼睛茫然地望着远处；
人们说她冷漠的是错了，
因为她沉思的眼里是有着火焰。

她将使我为她而憔悴吗？
或许是的，但是谁能知道？
有时她向我微笑着，
而这忧郁的微笑使我也坠入怀乡病里。

她是冷漠的吗？不。

因为我们的眼睛是秘密地交谈着；

而她是醉一样地合上了她的眼睛的，

如果我轻轻地吻着她花一样的嘴唇。

八　重　子

八重子是永远地忧郁着的，
我怕她会郁瘦了她的青春。
是的，我为她的健康罣①虑着，
尤其是为她的沈思的眸子。

发的香味是簪着辽远的恋情，
辽远到要使人流泪；
但是要使她欢喜，我只能微笑，
只能像幸福者一样地微笑。

因为我要使她忘记她的孤寂，
忘记萦系着她的渺茫的乡思，
我要使她忘记她在走着
无尽的，寂寞的凄凉的路。

---

①　同"挂"。

而且在她的唇上，我要为她祝福，
为我的永远忧郁着的八重子，
我愿她永远有着意中人的脸，
春花的脸，和初恋的心。

梦 都 子

致霞村

她有太多的蜜饯的心——
在她的手上,在她的唇上;
然后跟着口红,跟着指爪,
印在老绅士的颊上,
刻在醉少年的肩上。

我们是她年青的爸爸,诚然,
但也害怕我们的女儿到怀里来撒娇,
因为在蜜饯的心以外,
她还有蜜饯的乳房,
而在撒娇之后,她还会放肆。

你的衬衣上已有了贯矢的心,
而我的指上又有了纸捻的约指①,

---

① 即戒指。

如果我爱惜我的秀发，

那么你又该受那心愿的忤逆。

我的素描

辽远的国土的怀念者，
我，我是寂寞的生物。

假如把我自己描画出来，
那是一幅单纯的静物写生。

我是青春和衰老的集合体，
我有健康的身体和病的心。

在朋友间我有爽直的声名，
在恋爱上我是一个低能儿。

因为当一个少女开始爱我的时候，
我先就要栗然地惶恐。

我怕着温存的眼睛，

像怕初春青空的朝阳。

我是高大的，我有光辉的眼；
我用爽朗的声音恣意谈笑。

但在悒郁的时候，我是沉默的，
悒郁着，用我二十四岁的整个的心。

单 恋 者

我觉得我是在单恋着，
但是我不知道是恋着谁：
是一个在迷茫的烟水中的国土吗，
是一枝在静默中零落的花吗，
是一位我记不起的陌路丽人吗？
我不知道。
我知道的是我的胸膛胀着，
而我的心悸动着，像在初恋中。
在烦倦的时候，
我常是暗黑的街头的踯躅者，
我走遍了嚣嚷的酒场，
我不想回去，好像在寻找什么。
飘来一丝媚眼或是塞满一耳腻语，
那是常有的事。
但是我会低声说：
"不是你！"然后踉跄地又走向他处。

人们称我为"夜行人"，

尽便吧，这在我是一样的；

真的，我是一个寂寞的夜行人。

而且又是一个可怜的单恋者。

老之将至

我怕自己将慢慢地慢慢地老去，
随着那迟迟寂寂的时间，
而那每一个迟迟寂寂的时间，
是将重重地载着无量的怅惜的。

而在我坚而冷的圈椅中，在日暮，
我将看见，在我昏花的眼前
飘过那些模糊的暗淡的影子：
一片娇柔的微笑，一只纤纤的手，
几双燃着火焰的眼睛，
或是几点耀着珠光的眼泪。

是的，我将记不清楚了：
在我耳边低声软语着
"在最适当的地方放你的嘴唇"的，
是那樱花一般的樱子吗？

那是茹丽莔吗,飘着懒倦的眼
望着她已卸了的锦缎的鞋子? ……
这些,我将都记不清楚了,
因为我老了。
我说,我是担忧着怕老去,
怕这些记忆凋残了,
一片一片地。像花一样,
只留着垂枯的枝条,孤独地。

秋天的梦

迢遥的牧女的羊铃
摇落了轻的树叶。

秋天的梦是轻的，
那是窈窕的牧女之恋。

于是我的梦是静静地来了，
但却载着沉重的昔日。

唔，现在，我是有一些寒冷，
一些寒冷，和一些忧郁。

前 夜

一夜的纪念,呈呐鸥兄

在比志步尔①启碇的前夜,
托密的衣袖变作了手帕,
她把眼泪和着唇脂拭在上面,
要为他壮行色,更加一点粉香。

明天会有太淡的烟和太淡的酒,
和磨不损的太坚固的时间,
而现在,她知道应该有怎样的忍耐:
托密已经醉了,而且疲倦得可怜。

这的橙花香味的南方的少年,
他不知道明天只能看见天和海——
或许在"家,甜蜜的家"里他会康健些,
但是他的温柔的亲戚却要更瘦,更瘦。

————————————

① 为邮轮名。

我的恋人

我将对你说我的恋人，
我的恋人是一个羞涩的人，
她是羞涩的，有着桃色的脸，
桃色的嘴唇，和一颗天青色的心。

她有黑色的大眼睛，
那不敢凝看我的黑色的大眼睛——
不是不敢，那是因为她是羞涩的；
而当我依在她胸头的时候，
你可以说她的眼睛是变换了颜色，
天青的颜色，她的心的颜色。

她有纤纤的手，
它会在我烦忧的时候安抚我，
她有清朗而爱娇的声音，
那是只向我说着温柔的，

温柔到销溶了我的心的话的。

她是一个静娴的少女，

她知道如何爱一个爱她的人，

但是我永远不能对你说她的名字，

因为她是一个羞涩的恋人。

村　姑

村里的姑娘静静地走着，
提着她的蚀着青苔的水桶；
溅出来的冷水滴在她的跣足上，
而她的心是在泉边的柳树下。

这姑娘会静静地走到她的旧屋去，
那在一棵百年的冬青树荫下的旧屋
而当她想到在泉边吻她的少年，
她会微笑着，抿起了她的嘴唇。

她将走到那古旧的木屋边，
她将在那里惊散了一群在啄食的瓦雀，
她将静静地走到厨房里，
又静静地把水桶放在干刍边。

她将帮助她的母亲造饭，

而从田间回来的父亲将坐在门槛上抽烟，
她将给猪圈里的猪喂食，
又将可爱的鸡赶进它们的窠里去。

在暮色中吃晚饭的时候，
她的父亲会谈着今年的收成，
他或许会说到她的女儿的婚嫁，
而她便将羞怯地低下头去。

她的母亲或许会说她的懒惰
（她打水的迟延便是一个好例子，）
但是她会不听到这些话，
因为她在想着那有点鲁莽的少年。

野　宴

对岸青叶荫下的野餐，
只有百里香和野菊作伴；
溪水已洗涤了碍人的礼仪，
白云遂成为飘动的天幕。

那里有木叶一般绿的薄荷酒，
和你所爱的芬芳的腊味，
但是这里有更可口的芦笋
和更新鲜的乳酪。

我的爱软草的小姐，
你是知味的美食家。
先尝这开胃的饮料，
然后再试那丰盛的名菜。

三 顶 礼

引起寂寂的旅愁的，
翻着软浪的暗暗的海，
我的恋人的发，
受我怀念的顶礼。

恋之色的夜合花，
佻佻的夜合花，
我的恋人的眼，
受我沈醉的顶礼。

给我苦痛的螯的，
苦痛的但是欢乐的螯的，
你小小的红翅的蜜蜂，
我的恋人的唇，
受我怨恨的顶礼。

二　月

春天已在野菊的头上逡巡着了，
春天已在斑鸠的羽上逡巡着了，
春天已在青溪的藻上逡巡着了，
绿荫的林遂成为恋的众香国。

于是原野将听倦了谎话的交换，
而不载重的无邪的小草
将醉着温软的皓体的甜香；
于是，在暮色溟溟里
我将听了最后一个游女的惋叹，
拈着一枝蒲公英缓缓地归去。

小　病

从竹帘里漏进来的泥土的香
在浅春的风里它几乎凝住了；
小病的人嘴里感到了莴苣的脆嫩，
于是遂有了家乡小园的神往。

小园里阳光是常在芸薹的花上吧，
细风是常在细腰蜂的翅上吧，
病人吃的菜蔽的叶子许被虫蛀了，
而雨后的韭菜却许已有甜味的嫩芽了。

现在，我是害怕那使我脱发的饕餮了，
就是那滑腻的海鳗般美味的小食也得齐戒，
因为小病的身子在浅春的风里是软弱的，
况且我又神往于家园阳光下的莴苣。

款 步 一

这里是爱我们的苍翠的松树，
它曾经遮过你的羞涩和我的胆怯，
我们的这个同谋者是有一个好记心的，
现在，它还向我们说着旧话，但并不揶揄。

还有那多嘴的深草间的小溪，
我不知道它今天为什么缄默：
我不看见它，或许它已换一条路走了，
饶舌着，施施然绕着小村而去了。

这边是来做夏天的客人的闲花野草，
它们是穿着新装，像在婚筵里，
而且在微风里对我们作有礼貌的礼敬，
好像我们就是新婚夫妇。

我的小恋人，今天我不对你说草木的恋爱，

却让我们的眼睛静静地说我们自己底，

而且我要用我的舌头封住你的小嘴唇了，

如果你再说：我已闻到你的愿望的气味。

款 步 二

答应我绕过这些木栅，
去坐在江边的游椅上。
啮着沙岸的永远的波浪，
总会从你投出着的素足
撼动你抿紧的嘴唇的。
而这里，鲜红并寂静得
与你的嘴唇一样的枫林间，
虽然残秋的风还未来到，
但我已经从你的缄默里，
觉出了它的寒冷。

过 时

说我是一个在怅惜着，
怅惜着好往日的少年吧，
我唱着我的崭新的小曲，
而你却揶揄：多么"过时！"

是呀，过时了，我的"单恋女"
都已经变作妇人或是母亲，
而我，我还可怜地年轻——
年轻？ 不吧，有点靠不住。

是呀，年轻是有点靠不住，
说我是有一点老了吧！
你只看我拿手杖的姿态
它会告诉你一切；而我的眼睛亦然。

老实说，我是一个年轻的老人了：

对于秋草秋风是太年轻了，
而对于春月春花却又太老。

有　赠

谁曾为我束起许多花枝，
灿烂过又憔悴了的花枝，
谁曾为我穿起许多泪珠，
又倾落到梦里去的泪珠？

我认识你充满了怨恨的眼睛，
我知道你愿意缄在幽暗中的话语，
你引我到了一个梦中，
我却又在另一个梦中忘了你。

我的梦和我的遗忘中的人，
哦，受过我暗自祝福的人，
终日有意地灌溉着蔷薇，
我却无心地让寂寞的兰花愁谢。

游 子 谣

海上微风起来的时候，
暗水上开遍青色的蔷薇。
——游子的家园呢？

篱门是蜘蛛的家，
土墙是薜荔的家，
枝繁叶茂的果树是鸟雀的家。

游子却连乡愁也没有，
他沉浮在鲸鱼海蟒间：
让家园寂寞的花自开自落吧。

因为海上有青色的蔷薇，
游子要萦系他冷落的家园吗？
还有比蔷薇更清丽的旅伴呢。

秋　蝇

木叶的红色，
木叶的黄色，
木叶的土灰色：
窗外的下午！

用一双无数的眼睛，
衰弱的苍蝇望得昏眩。
这样窒息的下午啊！
它无奈地搔着头搔着肚子。

木叶，木叶，木叶，
无边木叶萧萧下。

玻璃窗是寒冷的冰片了，
太阳只有苍茫的色泽。
巡回地散一次步吧！

它觉得它的脚软。

红色,黄色,土灰色,
昏眩的万华筒的图案啊!

迢遥的声音,古旧的,
大伽蓝的钟磬? 天末的风?
苍蝇有点僵木,
这样沈重的翼翅啊!

飘下地,飘上天的木叶旋转着,
红色,黄色,土灰色的错杂的回轮。

无数的眼睛渐渐模糊,昏黑,
什么东西压到轻绡的翅上。
身子像木叶一般地轻,
载在巨鸟的翎翮上吗?

夜 行 者

这里他来了:夜行者!
冷清清的街上有沉着的跫音,
从黑茫茫的雾,
到黑茫茫的雾。

夜的最熟稔的朋友,
他知道它的一切琐碎,
那么熟稔,在它的薰陶中
他染了它一切最古怪的脾气。

夜行者是最古怪的人,
你看他走在黑夜里:
戴着黑色的毡帽,
迈着夜一样静的步子。

微　辞

园子里蝶褪了粉蜂褪了黄，
则木叶下的安息是允许的吧，
然而好弄玩的女孩子是不肯休止的，
"你瞧我的眼睛，"她说，"它们恨你！"

女孩子有恨人的眼睛，我知道，
她还有不洁的指爪，
但是一点恬静和一点懒是需要的，
只瞧那新叶下静静的蜂蝶。

魔道者使用蔓陀罗根或是枸杞，
而人却像花一般地顺从时序，
夜来香娇妍地开了一个整夜，
朝来送入温室一时能重鲜吗？

园子都已恬静，

蜂蝶睡在新叶下，
迟迟的永昼中
无厌的女孩子也该休止。

妾薄命

一枝,两枝,三枝,
床巾上的图案花
为什么不结果子啊!
过去了:春天,夏天,秋天。

明天梦已凝成了冰柱;
还会有温煦的太阳吗?
纵然有温煦的太阳,跟着檐溜,
去寻坠梦的玎玲吧!

少 年 行

是簪花的老人呢?
灰暗的篱笆披着茑萝;

旧曲在颤动的枝叶间死了,
新蜕的蝉用单调的生命赓续。

结客寻欢都成了后悔,
还要学少年的行躁吗?

平静的天,平静的阳光下,
烂熟的果子平静地落下来了。

旅　思

故乡芦花开的时候，
旅人的鞋跟染着征泥。
黏住了鞋跟，黏住了心的征泥，
几时经可爱的手拂拭？

栈石星饭的岁月，
骤山骤水的行程：
只有寂静中的促织声，
给旅人尝一点家乡的风味。

不　寐

在沈静底音波中，
每个爱娇的影子
在眩晕的脑里
作瞬间的散步；

只是短促的瞬间，
然后列成桃色的队伍，
月移花影地淡然消溶：
飞机上的阅兵式。

掌心抵着炎热的前额，
腕上有急促的温息；
是那一宵的觉醒啊？
这种透过皮肤的温息。

让沈静底最高的音波

来震破脆弱的耳膜吧。

窒息的白色的帐子,墙……

什么地方去喘一口气呢?

深闭的园子

五月的园子，
已花繁叶满了，
浓荫里却静无鸟喧。

小径已铺满苔藓，
而篱门的锁也锈了——
主人却在迢遥的太阳下。

在迢遥的太阳下，
也有璀灿的园林吗？

陌生人在篱边探首，
空想着天外的主人。

灯

士为知己者用，
故承恩的灯
遂做了恋的同谋人：
作憧憬之雾的
青色的灯，
作色情之屏的
桃色的灯。

因为我们知道爱灯，
如仁者乐山，智者乐水，
为供它的法眼的鉴赏
我们展开秘藏的风俗画：
灯却不笑人的风魔①。

---

① 同"疯魔"。

在灯的友爱的光里，
人走进了美容院；
千手千眼的技师，
替人匀着最宜雅的脂粉，
于是我们便目不暇给。
太阳只发着学究的教训，
而灯光却作着亲切的密语，
至于交头接耳的暗黑，
就是饕餮者的施主了。

寻 梦 者

梦会开出花来的，
梦会开出娇妍的花来的：
去求无价的珍宝吧。

在青色的大海里，
在青色的大海的底里，
深藏着金色的贝一枚。

你去攀九年的冰山吧，
你去航九年的旱海吧，
然后你逢到那金色的贝。

它有天上的云雨声，
它有海上的风涛声，
它会使你的心沈醉。

把它在海水里养九年，

把它在天水里养九年，

然后，它在一个暗夜里开绽了。

当你鬓发斑斑了的时候，

当你眼睛朦胧了的时候，

金色的贝吐出桃色的珠。

把桃色的珠放在你怀里，

把桃色的珠放在你枕边，

于是一个梦静静地升上来了。

你的梦开出花来了。

你的梦开出娇妍的花来了，

在你已衰老了的时候。

乐 园 鸟

飞着,飞着,春,夏,秋,冬,
昼,夜,没有休止,
华羽的乐园鸟,
这是幸福的云游呢,
还是永恒的苦役?

渴的时候也饮露,
饥的时候也饮露,
华羽的乐园鸟,
这是神仙的佳肴呢,
还是为了对于天的乡思?

是从乐园里来的呢,
还是到乐园里去的?
华羽的乐园鸟,
在茫茫的青空中,

也觉得你的路途寂寞吗？

假使你是从乐园里来的，
可以对我们说吗，
华羽的乐园鸟，
自从亚当，夏娃被逐后，
那天上的花园已荒芜到怎样了？

见毋忘我花

为你开的
为我开的毋忘我花，
为了你的怀念，
为了我的怀念，
它在陌生的太阳下，
陌生的树林间，
谦卑地，悒郁地开着。

在僻静的一隅，
它为你向我说话，
它为我向你说话；
它重数我们用凝望
远方的潮润的眼睛
在沉默中所说的话，
而它的语言又是
像我们的眼一样沉默。

开着吧,永远开着吧,

罣虑我们的小小的青色的花。

微　笑

轻风从远山飘开，
水蜘蛛在静水上徘徊；
说吧：无限意，无限意。

有人微笑，
一颗心开出花来，
有人微笑，
许多脸儿忧郁起来。

做定情之花节的点缀吧，
做逍遥之旅愁的凭藉吧。

霜　花

九月的霜花，
十月的霜花，
雾的娇女，
开到我鬓边来。

装点着秋叶，
作装点了单调的死，
雾的娇女，
来替我簪你素艳的花。

你还有珍珠的眼泪吗？
太阳已不复重燃死灰了。
我静观我鬓丝的零落，
于是我迎来你所装点的秋。

附录一：诗论零札

一

诗不能借重音乐，它应该去了音乐的成分。

二

诗不能借重绘画的长处。

三

单是美的字眼的组合不是诗的特点。

四

诗的韵律不在字的抑扬顿挫上，而在诗的情绪的抑扬顿挫上，即在诗情的程度上。

五

诗最重要的是诗情上的 nuance① 而不是字句上的 nuance。

六

韵和整齐的字句会妨碍诗情,或使诗情成为畸形的。倘把诗的情绪去适应呆滞的,表面的旧规律,就和把自己的足去穿别人的鞋子一样。愚劣的人们削足适履,比较聪明一点的人选择较合脚的鞋子,但是智者却为自己制最合自己的脚的鞋子。

七

诗不是某一个官感的享乐,而是全官感或超官感的东西。

---

① 意为"细微差别"。

八

新的诗应该有新的情绪和表现这情绪的形式。所谓形式,决非表面上的字的排列,也决非新的字眼的堆积。

九

不必一定拿新的事物来做题材(我不反对拿新的事物来做题材),旧的事物中也能找到新的诗情。

十

旧的古典的应用是无可反对的,在它给予我们一个新情绪的时候。

十一

不应该有只是炫奇的装饰癖,那是不永存的。

十二

诗应该有自己的 originalité①,但你须使它有 universel②
性,两者不能缺一。

十三

诗是由真实经过想像而出来的,不单是真实,亦不单是
想像。

十四

诗应当将自己的情绪表现出来,而使人感到一种东西,
诗本身就像是一个生物,不是无生物。

十五

情绪不是用摄影机摄出来的,它应当用巧妙的笔触描

---

① 意为"特征"。
② 意为"普遍"。

出来。这种笔触又须是活的,千变万化。

十六

　　只在用某一种文字写来,某一国人读了感到好的诗,实际上不是诗,那最多是文字的魔术。真的诗的好处并不就是文字的长处。

附录二：法文诗六章①

Le Vayageur②

Quand, sur la mer, la brise souffle,

Sur les ondes sombres, s'épanouissent part out les roses bleues.

　　—Où es-tu, toit du voyageur?

La porte de la clôture est le toit des araignées,

Le mur de terre celui des ronces,

Et l'arbre en fleur celui des moineaux.

Le voyageur n'a même pas de nostalgie,

　　Il flotte parmi les méduses et les pélamides：

_____

　　①　法文诗六章是作者从自己的中文诗作中选译为法文的。

　　②　即《游子谣》。

—Laissons les fleurs solitaires s'épanouir et tomber dans le jardin natal.

Car sur la mer s'épanouissent les roses bleues.

Pourquoi le voyageur s'inquiétait-il de soin jardin désert?

N'a-t-il pas une compagne plus charmante que les roses?

Noctambule[①]

Voici venir le noctambule!

Dans la rue déserte, résonnent ses pas:

Du brouillard tout noir,

Au brouillard tout noir.

Ami le plus intime de la nuit,

Il en connaît tous les secrets

Si intime qu'il a pris

Toutes les manies de la nuit.

Le noctambule est un coeur étrange.

---

① 即《夜行者》。

Regardez—le s'avancer dans la nuit noire

D'un pas silencieux comme la nuit

Et sur la tête, un feutre noir.

Le Jardin Clos①

Dans le jardin, au mois de mai,

Foisonnent déjà fleurs et feuilles:

Aucun ramage dans la feuillée.

Les allées sont vêtues de mousses,

Et le cadenas de la porte, de rouille;

Le maître reste sous un soleil lointain.

Sous le soleil lointain

Un jardin radieux peut—il être?

Le passant épie près de la haie,

Songeant en vain au maître sous l'autre ciel.

_____

① 即《深闭的园子》。

Démodé^①

Dites que je suis un jeune homme

Qui regrette le beau vieux temps,

Je fredonne une chanson neuve,

Et déjà vous vous moquez: que c'est démodé!

Oui, démodé: mes amoureuses du temps passé

Sont maintenant épouses ou mères.

Mais moi je reste pauvremeut jeune.

Jeune? non, pas tout à fait.

Non, je ne suis plus tout à fait jeune.

Dites que je suis un peu vieilli!

Regardez seulement la façon dont je porte la canne,

Cela vous dira tout, et mes yeux aussi.

A vrai dire, je suis un jeune vieillard:

Trop jeune pour les herbes et le vent d'automne,

Trop vieux pour la lune et les fleurs de printemps.

---

① 即《过时》。

Trois Bénédictions[1]

Le sombre aux molles vagues
Où l'on ne souffre que le mal du pays
Chevelure de ma bien-aimée,
Reçois mon regret en bénédiction.

Belle-de-jour couleur d'amour,
Belle-de-jour, belle de nuit,
Prunelle de ma bien-aimée,
Reçois mon ivresse en bénédiction.

Petite abeille aux ailes roses,
Petite abeille au cruel aiguillon
Douloureux mais bienheureux,
O bouche de ma bien-aimée,
Reçois ma plainte en bénédiction.

---

① 即《三顶礼》。

Regret[①]

—Un, deux, trois······

Ces fleurs étoilant le couvre-lit,

Pourquoi ne donnent-elles pas de fruits?

Déjà ont fui: le printemps, l'été, l'autonme.

Demain le rêve sera pris en stalactite.

Repar aîtra-t-il encore le soleil chaud?

Malgré le soleil chaud,

Suivant les gouttes d'eau

      On ne trouvera que le tintement

      Du rêve tombé.

------

① 即《妾薄命》。

望舒诗稿